F*** DICH!

UNFEINE GESTEN AUS ALLER WELT

W0239331

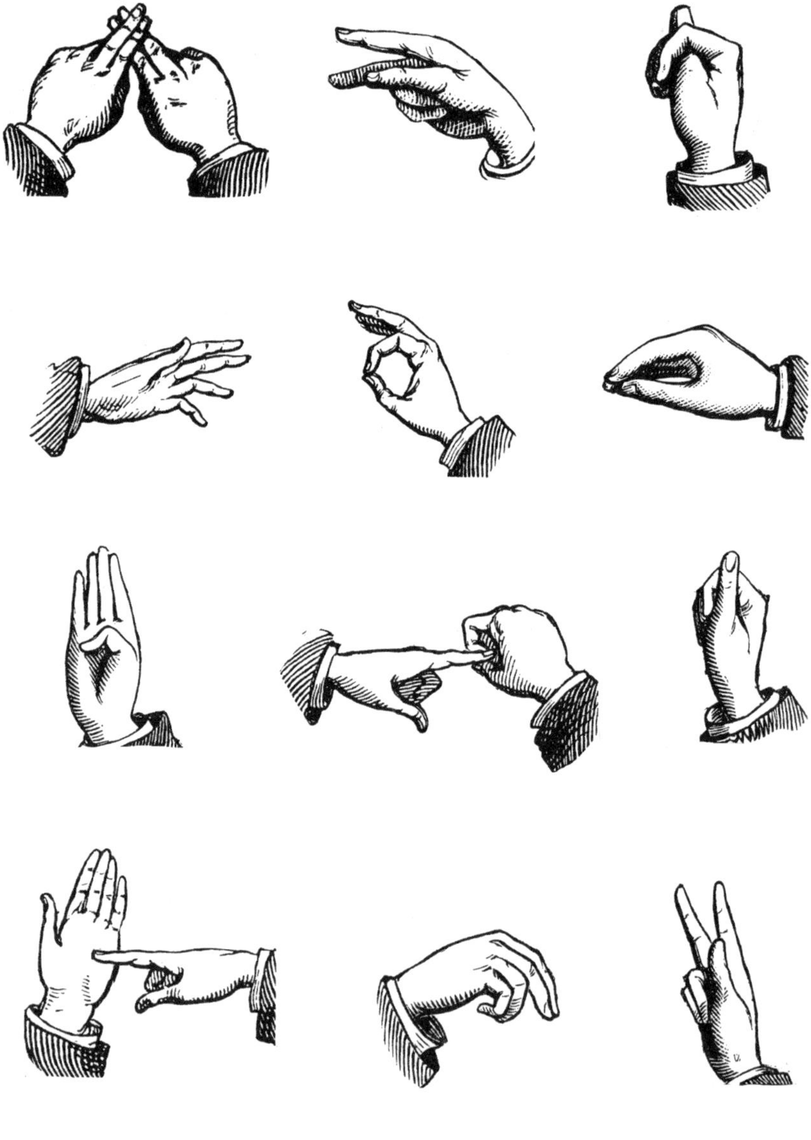

F*** DICH!

UNFEINE GESTEN AUS ALLER WELT

Romana Lefevre
Fotos von **Daniel Castro**

MOEWIG

© 2011 Edel Germany GmbH, Hamburg
www.edel.de
1. Auflage 2011
Moewig ist ein Imprint der Edel Germany GmbH

Originaltitel: *Rude Hand Gestures Of the World*
Erstmals erschienen bei Chronicle Books 2011
Copyright der Originalausgabe Chronicle Books LLC

Übersetzung: Michael Sailer
Satz und Redaktion der deutschen Ausgabe: bookwise Medienproduktion, München
Fotos/Illlustrationen: © Daniel Castro
Umschlaggestaltung: Groothuis, Lohfert, Consorten, Hamburg | www.glcons.de

Alle Rechte vorbehalten. All rights reserved. Das Werk darf – auch teilweise – nur mit Genehmigung des Verlages wiedergegeben werden.

Printed in China

ISBN 978-3-86803-478-3

INHALT

6 EINFÜHRUNG

8 GESCHÄFTLICHE VERHANDLUNGEN
10 Fischgeruch
12 Krebshände
14 Papo Furado
16 Geizhals
18 Langfinger
20 Gras in der Hand

22 LIEBESAFFÄREN UND INTIME BEZIEHUNGEN
24 Fingerrendezvous
26 Nackenreiben
28 Nasestreifen
30 Auf geht's
32 Handflächenreiben
34 Hohes Gebälk
36 V an der Nase
38 Fingerverkehr
40 Vogel in der Hand
42 Lesbisches Händereiben

44 AUSWEICHMANÖVER
46 Dicke Eier (Les Boules)
48 Wie war das?
50 Alter Käse
52 Kinnschnippen
54 Kratzbürste
56 Raus hier
58 Die Flöte
60 Absage

62 DIPLOMATIE
64 Blödmann
66 Idiot
68 Doofkopf
70 Naserümpfen
72 Pfeffermühle
74 Monstereier
76 Lange Nase
78 Die linke Hand

80 HÖHERE DIPLOMATIE
82 Der Ritt auf dem Esel
84 Fünf Väter
86 Bei Fuß, Hündchen
88 Moutza
98 Biest
100 Wichser
102 Pimmelkopf
104 Armstoß
106 Concha
108 Hörner
110 Kutta!
112 Fodeu

114 DAS HINTERE ENDE
116 Bras d'Honneur
118 Der Fauststoß
120 Daumen hoch
122 Das V
124 Die Feigenhand
126 Okay

EINFÜHRUNG

Von Evolutionsforschern wissen wir, dass Gesten wesentlich älter sind als Sprache. Wenn der Urmensch etwas zu sagen hatte, sagte er es mit den Händen. Und weil Sitten erst viel später aufkamen, dürfen wir annehmen, dass ein Großteil dessen, was er sagte, unfein war, ob er nun über Ogs Beitrag zur Bisonjagd oder die Größe von Bogs Männlichkeit herzog. Was für Zeichen er benutzte, wissen wir nicht, aber dass er es tat, ist sicher.

Mit Einsetzen der Geschichtsschreibung wurden auch unfeine Handgesten aufgezeichnet. Viele davon sind heute noch üblich. Schon in der Antike beleidigte man sich mit Gesten, die wir heute noch kennen, und zwar mit verblüffender Begeisterung und Häufigkeit. Im alten Rom war der gestreckte Mittelfinger so beliebt, dass er einen eigenen Namen hatte: *digitus impudicus*.

Über die folgenden Jahrtausende prägte sich diese Zeichensprache weiter aus. Jede Region der Welt entwickelte ihr eigenes schillerndes Vokabular unfeiner Gesten, um vulgäre Gefühle zum Ausdruck zu bringen, aus denen sich aber auch Erkenntnisse über die jeweilige Kultur ziehen lassen. Beleidigungen sind höchst aufschlussreich. Wie die Inuit viele Wörter für Schnee haben, können Franzosen ihren Überdruss,

Libanesen romantische Sehnsucht und Briten den dringenden Wunsch, jemand möge sich „verpissen“, mit unzähligen Gesten ausdrücken.

Die Sprache der Handzeichen erweitert und verändert sich, ständig kommen neue Gesten hinzu und neue „Sprecher“: Lange Zeit war das Gestikulieren – auch das nicht vulgäre – eine fast ausschließlich männliche Betätigung. Für einen Großteil der Welt gilt das zum Glück nicht mehr; immer mehr Frauen zücken gerne einmal den Stinkefinger, stolz und selbstbewusst.

Gesten zeigen im wahrsten Sinne des Wortes, woher wir kommen und wohin wir gehen. Heutzutage sind sie von besonderer Bedeutung. Seit wir Flugreisen unternehmen, finden wir uns binnen Stunden in fremden Ländern, wo wir kein Wort verstehen. Dieses Buch soll dazu beitragen, solche Reisen sicherer zu machen – und interessanter.

Unbedarfte Fremde machen leicht unverzeihliche Fehler. Lernen Sie die folgenden Gesten, dann sind Sie nicht mehr unbedarft und machen Ihre „Fehler“ zumindest mit Vorsatz und Ziel. Los geht’s mit dem Schimpfen!

GESCHÄFTLICHE VERHANDLUNGEN

Wenn man im Ausland Geschäfte macht, sollte man die örtliche Körpersprache kennen. Wer nicht informiert ist, kann leicht ins Fettnäpfchen tappen, ohne es zu bemerken. Jede Kultur ist anders; was der einen als höflich gilt, kann in einer anderen zutiefst beleidigend wirken. In Japan zum Beispiel ist es ein schwerer Affront, Visitenkarten mit einer Hand und nicht mit beiden zu überreichen. In Saudi-Arabien ist es eine schlimme Kränkung, die Beine übereinanderzuschlagen, vor allem wenn dabei die Schuhsohle zu sehen ist. Die örtlichen Sitten zu kennen verhindert versehentliche Beleidigungen.

In anderen Momenten freilich ist Beleidigen genau das, was ein cleverer Geschäftsmann tun muss, etwa um Misstrauen auszudrücken oder Partner zu informieren, dass sie geizig sind. Um nicht ausgenutzt zu werden, müssen Sie Unredlichen zeigen, dass Sie sie durchschauen. In harten Verhandlungen behalten Sie mit diesen Gesten die Oberhand.

FISCHGERUCH

Bedeutung: Ich traue dir nicht.
Gebräuchlich in: Süditalien

Im Geschäftsleben ist es wichtig, dass Ihre Partner wissen: Mein Gegenüber lässt sich nicht übers Ohr hauen. Diese Geste zeigt, dass Sie Täuschungsversuche durchschauen. Bewegen Sie die Nase mit Zeige- und Mittelfinger hin und her, um auszudrücken, dass etwas faul ist und Sie den Geruch loswerden wollen.

„Ich traue dir nicht."

KREBSHÄNDE

Bedeutung: nicht vertrauenswürdig
Gebräuchlich in: Süditalien

Krebse selbst sind zwar absolut ehrlich und offen, aber ihre Gangart – ein unberechenbares Seitwärtstrippeln – lässt anderes vermuten. Bei diesem Handzeichen, einem weiteren süditalienischen Vorwurf der Schwindelei, verschränken sich die kleinen Finger und ahmen die Bewegungen eines Krebses nach, um anzudeuten, dass der Gemeinte nicht vertrauenswürdig ist.

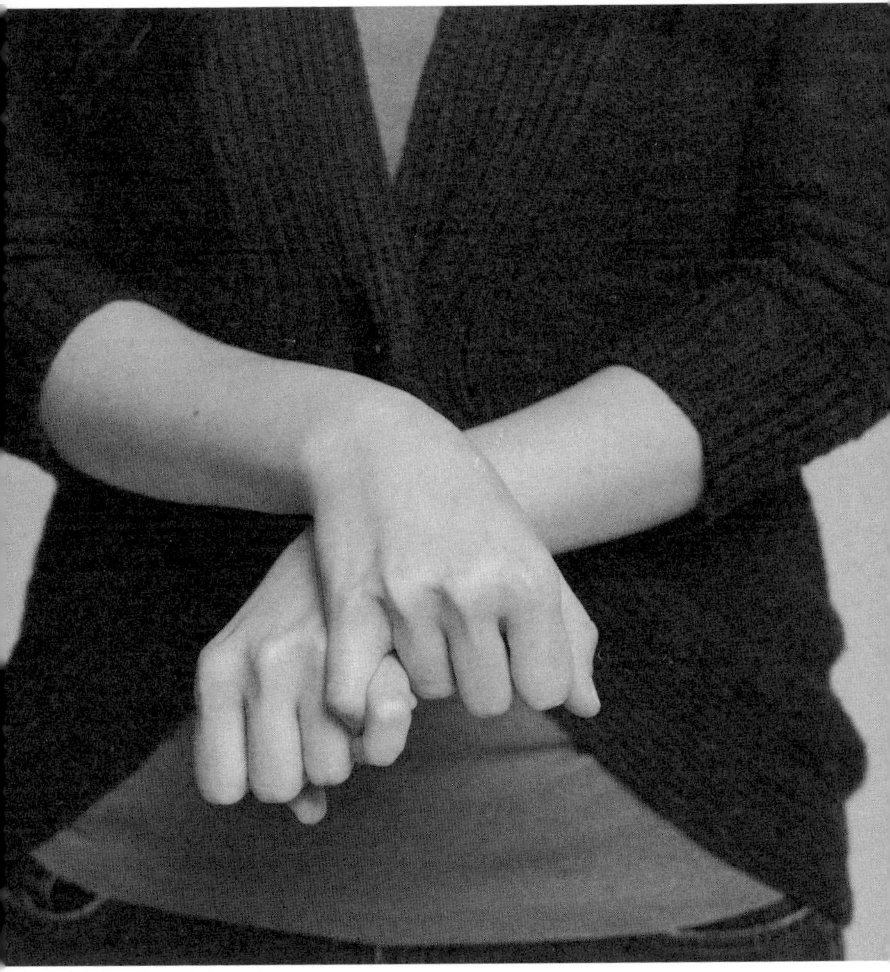

„Dem kann man nicht trauen."

PAPO FURADO

Bedeutung: Das ist Mist.
Gebräuchlich in: Brasilien

Papo furado ist ein brasilianischer Ausdruck für „Geschwätz", „triviales Geplapper" oder, um es deutlich zu sagen: „Bullshit". Für das dazugehörige Zeichen halten Sie eine Hand flach ausgestreckt unter dem Kinn. Die Geste wird nur hinter dem Rücken des Gemeinten ausgeführt, um die anderen im Raum wissen zu lassen, dass sie das nutzlose Gerede nicht beachten sollen.

Anmerkung: In anderen Teilen Amerikas und Westeuropa bedeutet die Geste „Mir reicht's". Tippen Sie sich mehrmals ans Kinn, um Ihre Empörung zu unterstreichen.

„Das ist purer Mist."

GEIZHALS

Bedeutung: Du bist geizig.
Gebräuchlich in: Mexiko, Südamerika

So wie das Herz mit Liebe verbunden ist, gilt der Ellbogen in vielen lateinamerikanischen Ländern als Zeichen für Geiz. In Mexiko ist die Verbindung so eng, dass man den Geizhals *muy codo* („sehr Ellbogen") nennt. Dahinter steht der Gedanke, dass der Geizige seinen Ellbogen selten streckt, um zu zahlen. Wenn Ihr Compadre die Angewohnheit hat, die Rechnung Ihnen zu überlassen, können Sie ihn mit dieser starken Geste auf sein Fehlverhalten hinweisen. Für besonderen Nachdruck klopft man mit dem Ellbogen auf den Tisch.

Anmerkung: In Teilen Deutschlands und in Österreich bedeutet die Geste „Du bist ein Idiot" (der sein Gehirn im Ellbogen hat).

„Du Geizkragen."

LANGFINGER

Bedeutung: Dieb
Gebräuchlich in: Südamerika

Unglücklicherweise begegnen wir von Zeit zu Zeit Leuten, die uns beklauen wollen. In Südamerika macht man andere mit dieser Geste darauf aufmerksam. Bewegen Sie einfach Ihren Arm über den Tisch, als wollten Sie alles dort liegende Geld zusammenraffen. Wenn Sie dabei allerdings tatsächlich Geld erwischen, werden Ihre Gesprächspartner Sie mit der entsprechenden Geste bedenken.

Anmerkung: In Peru bedeutet die Geste meist einfach „Geld", in anderen südamerikanischen Ländern auch „bezahlen".

„Er ist ein Dieb."

GRAS IN DER HAND

Bedeutung: Du irrst dich.
Gebräuchlich in: Israel

Jeder, der schon einmal in Israel war, weiß, dass die Menschen dort keine Scheu haben, ihre Gefühle und Meinungen offen und ehrlich auszudrücken. Mit dieser Geste stellt man dar, der Gemeinte habe keinen blassen Schimmer, wovon er redet. Der Zeigefinger tippt auf die Handfläche, um anzudeuten: „Eher wächst Gras auf meiner Hand, als dass das, was du sagst, wahr wird."

„Da liegst du völlig falsch."

LIEBESAFFÄREN
UND INTIME BEZIEHUNGEN

Als Europäer von Welt werden Sie auf Reisen öfter einmal Menschen treffen, bei denen der Funke überspringt – aber nicht die Sprache. Wie zeigen Sie der jungen Dame, dass Sie sie gerne näher kennenlernen würden? Wie signalisieren Sie dem geheimnisvollen Fremden, dass seine Avancen willkommen sind? Am besten in der internationalen Sprache der Gebärden.

Mit den folgenden Handzeichen können Sie Ihrer Zuneigung auch dann Ausdruck verleihen, wenn Sie der Landessprache mächtig sind. Selbst dem gewieftesten Schlawiner fehlen bisweilen die Worte, wenn er vor einer hübschen jungen Dame steht. Da zeigt man sein Interesse lieber mit einem einfachen Tippen oder einem raffinierten Schnipsen.

Bleibt die dezente Geste unbeantwortet, haben wir ein paar direktere anzubieten. Diese werden auf jeden Fall bemerkt und sollten nur angewandt werden, wenn Sie einigermaßen sicher sind, dass sie gut ankommen. Sonst könnte die Sache peinlich oder heikel sein oder gar aggressiv enden.

Die Gesten stammen zum Großteil aus dem Nahen Osten, vor allem dem Libanon. Wieso die Libanesen Experten dieser linguistischen Spezialität sind, ist nicht ganz klar. Vielleicht befeuern die arabischen Nächte dort die romantische Glut, vielleicht verlangt eine bewundernswert bodenständige Bescheidenheit, dass solche Verhandlungen stumm verlaufen. Auffallend ist, dass der libanesische Dialekt der Gebärdensprache besonders romantisch ist.

FINGERRENDEZVOUS

Bedeutung: romantisches Treffen
Gebräuchlich in: Ägypten, Nordafrika

Die Zeigefinger aneinanderzulegen bedeutet in vielen Ländern einfach, dass sich zwei Menschen treffen. In Teilen Nordafrikas ist damit allerdings eine ganz spezielle Art der Begegnung gemeint, nämlich die körperliche Liebe. Oft wird die Geste verwendet, um die Beziehung anderer zu kommentieren, aber in einigen Gegenden, besonders Ägypten, gilt sie als Einladung zum Sex. Gehen Sie vorsichtig damit um, damit die Antwort nicht unerfreulich ausfällt.

„Wie wär's mit einem Rendezvous?"

NACKENREIBEN

Bedeutung: romantisches Interesse
Gebräuchlich in: Libanon

Vielleicht gilt der Nacken wegen seiner besonderen Empfindsamkeit als eine der wichtigsten Körperstellen für romantische Manöver. Im Libanon kann ein Mann sein Interesse an einer jungen Dame signalisieren, indem er sich im Nacken streichelt. Wer anfällig für ein steifes Genick ist, sollte in der Öffentlichkeit vorsichtig damit umgehen, damit der Versuch, einen Krampf zu lösen, keine unerwünschten Liebespartner anlockt.

„Ich bin verliebt."

NASESTREIFEN

Bedeutung: romantisches Interesse
Gebräuchlich in: Jordanien

Es gibt viele Arten, eine junge Dame ins Schlafzimmer zu locken. Man kann ihr Rosen schicken, ein Sonett verfassen oder sie unter ihrem Balkon anflehen. Solche Liebestänze haben Charme, aber sie kosten Zeit und sind möglicherweise wenig effizient. In Jordanien gibt es eine wirkungsvolle Abkürzung. Romeos in spe können ihr Interesse an möglichen Julias zeigen, indem sie mit dem Zeigefinger die Nase streifen. Kann man sich eine süßer duftende Einladung denken?

„Ich habe Lust auf ein romantisches Treffen."

AUF GEHT'S!

Bedeutung: Wie wär's mit Sex?
Gebräuchlich in: Naher Osten

Wo Fingerrendezvous, Nackenreiben und Nasestreifen versagen, kann man die junge Dame mit dieser Geste sehr eindeutig ins Bett einladen. Ballen Sie eine Hand zur Faust und schlagen Sie mehrmals in die offene Handfläche der anderen Hand. Die Schläge sollten den Rhythmus des Liebesakts nachahmen, wie ein romantisches Metronom. Hat die Geste Erfolg, werden Sie bald lieblich miteinander musizieren.

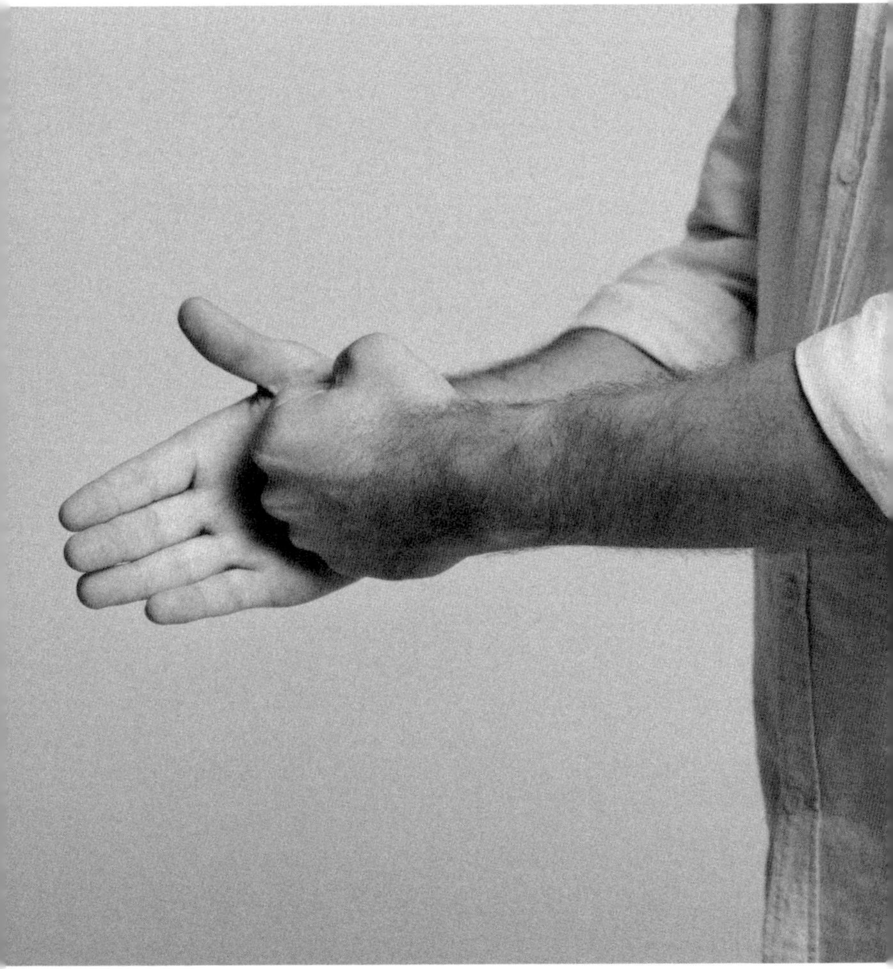

„Lust auf Sex?“

HANDFLÄCHENREIBEN

Bedeutung: Beischlaf
Gebräuchlich in: Libanon

Bei dieser Gebärde wird die linke Hand in der rechten gerieben – eine eher schlichte Pantomime des Beischlafs. Man benutzt sie, um Sex darzustellen, nicht um ihn herbeizuführen. Als Einladung zur Liebe ist die Geste zu vulgär und unfein, es sei denn, die eingeladene Person ist ebenfalls vulgär und unfein.

„Die schlafen miteinander."

HOHES GEBÄLK

Bedeutung: Ich würde gerne ihre Brüste streicheln.
Gebräuchlich in: Libanon, Syrien

Eine weitere Geste der Begierde aus dem Nahen Osten, die ausdrückt, dass man Lust hätte, die Brüste einer bestimmten Frau zu streicheln. Halten Sie die Hand horizontal und drehen Sie sie, als würden Sie eine Glühbirne einschrauben. Doch Vorsicht: Unter unangemessenen Umständen kann die Gebärde dazu führen, dass Sie gar nichts einschrauben.

„Der möchte ich gern die Brust streicheln."

V AN DER NASE

Bedeutung: Geschlechtsverkehr
Gebräuchlich in: Nahost, Zentral- und Südamerika

Bei dieser Gebärde dient das Gesicht als Leinwand für eine anschauliche Darstellung des Liebesakts, wobei die Finger für die Geschlechtsteile der Frau und die Nase für die des Mannes stehen. Die anzügliche und derbe Geste sollte nur hinter verschlossenen Türen gezeigt werden, weil das beleidigende „Kunstwerk" mit Sicherheit für Aufsehen und Gesprächsstoff sorgt.

„Die gehen miteinander ins Bett."

FINGERVERKEHR

Bedeutung: Geschlechtsverkehr
Gebräuchlich in: weltweit

Dieses wohl derbste und offensichtlichste aller Handzeichen ist simpel, effektiv und äußerst unflätig. Eine Hand symbolisiert den Penis, die andere den Schoß der Frau; die Finger werden rhythmisch ineinandergeschoben, was wirklich jeder versteht. Die Geste ist nicht sehr witzig und subtil, aber deutlich. Sie kommt zum Einsatz, wenn krasse Direktheit gefragt ist.

„Lass uns ficken."

VOGEL IN DER HAND

Bedeutung: Homosexualität
Gebräuchlich in: Libanon, Libyen, Saudi-Arabien

Eine von vielen nahöstlichen Gesten für Homosexualität. Finger und Daumen ahmen einen pickenden Vogel nach, um auf verächtliche Weise anzudeuten, Homosexuelle benähmen sich wie Vögel, und der Gemeinte sei ein Vertreter dieser Art.

Anmerkung: Handzeichen sind oft unfein und beleidigend. Was die Rechte von Homosexuellen angeht, haben viele Länder große Fortschritte gemacht, aber die Gebärdensprache ist leider nach wie vor recht schwulenfeindlich. Es gibt viele, meist abfällige Gesten für Homosexualität, zum Beispiel:

– ein horizontales o.k.-Zeichen (im Nahen Osten und Mittelmeerraum)

– Seitwärtswedeln mit gestreckter Hand, die Handfläche nach unten gerichtet (Kolumbien)

– Umkreisen der Nase mit Daumen und Zeigefinger (Nordamerika)

– mit geleckktem kleinem Finger die Augenbraue glätten (weltweit)

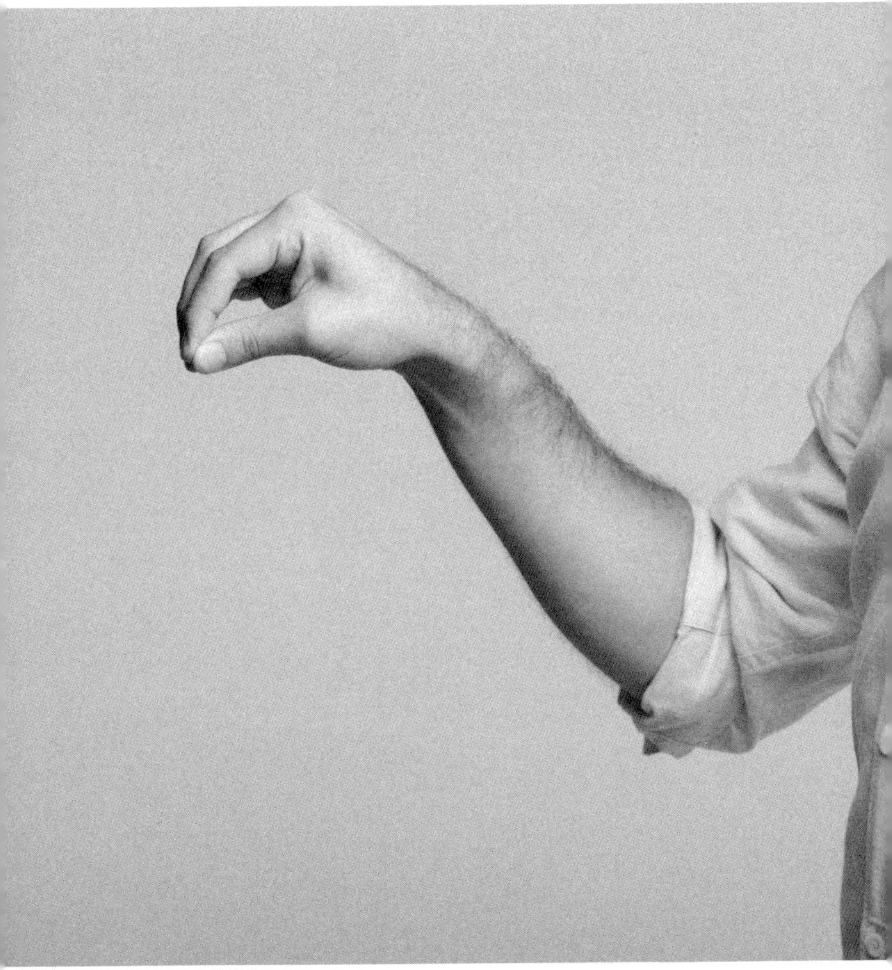

„Der ist schwul."

LESBISCHES HÄNDEREIBEN

Bedeutung: weibliche Homosexualität
Gebräuchlich in: Südamerika

Es gibt unzählige Handzeichen für männliche Homosexualität, aber dies ist eines der wenigen für die weibliche Variante. Dabei werden die Handflächen aneinandergerieben, um sexuellen Kontakt ohne Penetration anzudeuten. Das ist nicht immer abwertend gemeint, aber jedenfalls derb und sehr direkt. Bei einer Abwandlung der Geste klatschen die Handflächen mehrmals zusammen, als mache man Tortillas (*tortillera* oder Tortillabäckerin ist ein süd- und mittelamerikanisches Slangwort für Lesbierin, eine abfällige Anspielung auf die kräftigen, maskulinen Oberarme, die man vom Tortillazubereiten bekommt).

„Die ist lesbisch.“

AUSWEICHMANÖVER

Auf internationalen Reisen trifft man viele Leute, die man gerne näher kennenlernen möchte – und ein paar, die man lieber nie wiedersieht. Wer die Landessprache nicht spricht, tut sich schwer, das höflich zu vermitteln, und noch schwerer, es grob auszudrücken, wie das manchmal nötig ist. Die Handzeichen in diesem Kapitel erleichtern es Ihnen, Ihre Wünsche klipp und klar darzustellen.

Diese Gesten sind hier auch aufgeführt, damit Sie sie verstehen, wenn man sie an Sie richtet, insbesondere in Frankreich. Aus diesem Land stammt der überwiegende Teil der Gesten. Das ist nicht anders zu erwarten, schließlich sind die Franzosen Meister der stummen Gebärdensprache. Kein Wunder, dass sie so viele wortlose Zeichen erfunden haben, um jemanden zu bitten, er möge schweigen und einen in Ruhe lassen. Und wie alles Französische sind diese Gesten kunstvoll und elegant. *Très chic!*

DICKE EIER (LES BOULES)

Bedeutung: Frust
Gebräuchlich in: Frankreich

Wenn Sie in Frankreich die Geduld verlieren, gibt diese Geste Ihre Frustration klar und deutlich wieder. Die wörtliche Übersetzung ist „dicke Eier haben“, und die Handbewegung symbolisiert die geschwollenen Klöten, unter denen man zu leiden hat. *Quelle dommage!*

„Ich habe es satt."

WIE WAR DAS?

Bedeutung: Unmut
Gebräuchlich in: Frankreich

Bei diesem französischen Signal hält man die Hand ans Ohr, um Schwerhörigkeit vorzutäuschen. Der Gemeinte soll jedoch nicht wiederholen, was er gerade gesagt hat, sondern den Mund halten. Auch in Frankreich gilt das alte Sprichwort: „Reden ist Silber, Schweigen ist Gold."

„Das reicht jetzt."

ALTER KÄSE

Bedeutung: Halt's Maul!
Gebräuchlich in: Frankreich

Diese auch *clapet* („Klappe“) oder *ferme-la* („Mach sie zu!“) genannte Geste ist so scharf und beißend wie guter französischer Käse. Sie wird oft von der Aufforderung, den Mund zu halten *(ferme la bouche)*, begleitet und ahmt das Schließen des Mundes nach. Man hält die Finger erst gerade und klemmt sie dann an den Daumen, als packe man ein Stück Käse.

„Halt den Mund.“

KINNSCHNIPPEN

Bedeutung: Mach dich vom Acker.

Gebräuchlich in: Belgien, Frankreich, Norditalien, Tunesien

In Frankreich nennt man diese Geste *la barbe* („Bart"); dahinter steht die Vorstellung, der Gestikulierer zeige seine Männlichkeit etwa so, wie ein Bock die Hörner und ein Gockel seinen Kamm schwingt. Man lässt ganz einfach die Hand unter dem Kinn nach vorne schnellen. Die Gebärde ist weniger aggressiv, als tatsächlich die Genitalien zu zeigen, zudem ist sie erlaubt und eine effektive, milde beleidigende Art, jemandem eine Abfuhr zu erteilen.

Anmerkung: In Italien bedeutet die Geste einfach „nein".

„Hau endlich ab!“

KRATZBÜRSTE

Bedeutung: Etwas langweilt.
Gebräuchlich in: Frankreich

Noch eine Geste, die mit *la barbe* zu tun hat, womit in Frankreich der Bart ebenso gemeint sein kann wie „langweilig“. Hier streicht man sich über die Wange, als wollte man prüfen, ob man eine Rasur nötig hat. Gemeint ist, dass jemand schon so lange schwafelt, dass dem Zuhörer ein Bart gewachsen ist. Zur Vermeidung sollten Frankreichbesucher ihre Ansprachen so kurz halten wie ihre Stoppeln.

„Du langweilst mich.“

RAUS HIER

Bedeutung: Verschwinde.

Gebräuchlich in: Balkan, Belgien, Frankreich, Griechenland, Italien, Spanien, Tunesien

Bei dieser abweisenden Geste klopft oder schlägt die linke Hand aufs rechte Handgelenk, wodurch die Rechte nach oben schnappt. Angedeutet wird das Abhacken der Hand eines Diebs, womit dem Gemeinten gezeigt wird, dass er es verdient hätte, wie ein gemeiner Bandit verscheucht zu werden. Ohne beleidigende Absicht kann die Geste auch einfach „Gehen wir!" bedeuten.

„Verzieh dich!“

DIE FLÖTE

Bedeutung: Ich habe genug von deinem Blödsinn.
Gebräuchlich in: Frankreich

Eine weitere französische Geste der Ungeduld, bei der eine imaginäre Flöte gespielt wird. Damit zeigt man, dass man von einer zweifelhaften Geschichte genug hat, und deutet an, der Gemeinte sei in seiner Verlogenheit so langatmig wie ein endloses Flötensolo. Wenn Sie selbst Ziel dieser Geste werden, wechseln Sie am besten das Gesprächsthema oder lassen Ihr Instrument gleich ganz verstummen.

„Mir reicht's mit deinem Blödsinn."

ABSAGE

Bedeutung: Ich ignoriere dich.
Gebräuchlich in: Griechenland

Die wörtliche Übersetzung von *„st'arxidia mou"*, der Bedeutung dieser Geste, ist: „Ich schreib's mir auf die Hoden." Es mag Leute geben, die aus einem merkwürdigen psychologischen Bedürfnis oder einfach aus Langeweile tatsächlich auf ihren Hoden herumkritzeln, aber hier ist das rein metaphorisch gemeint. Diese Geste sagt jemandem, dass man ihn ignoriert. Man braucht auch keine Hoden für die Geste, sie gilt für beide Geschlechter.

„Ich ignoriere dich."

DIPLOMATIE

Es ist eine bedauerliche Tatsache, dass es überall auf der Welt dumme, faule und hässliche Menschen gibt, die sich ihrer Schwächen oft nicht bewusst sind. So etwas sollte man im Idealfall für sich behalten, aber unter Umständen kann es nötig sein, sich mitzuteilen. Vielleicht müssen Sie Ihrem Deutschschüler erklären, dass seine Leistungen ungenügend sind, oder ihrem Nachbarn, dass er einen professionellen Seelenklempner aufsuchen sollte. Vielleicht sollte Ihr Fahrer wissen, dass er ein fauler Kerl ist, Ihre Internetbekanntschaft, dass sie weniger attraktiv ist, als Sie dachten. Manchmal muss man solche Dinge einfach äußern.

Dabei sollten Sie jedoch in jedem Fall diplomatisch vorgehen. Die Gesten in diesem Kapitel helfen Ihnen, schlechte Neuigkeiten zu übermitteln – nicht immer einfühlsam, aber zumindest mit einer Portion Humor. Einige sind auch spielerisch zu verwenden. Und alle helfen Ihnen auszudrücken, was Sie nicht laut aussprechen können.

BLÖDMANN

Bedeutung: Du bist ein Dummkopf.
Gebräuchlich in: Südamerika

Es ist unhöflich, auf die Dummheit anderer Leute hinzuweisen, aber manchmal muss es sein. In Teilen Südamerikas lässt sich das simpel und direkt erledigen, indem man die Hand mit der Handfläche nach oben ausstreckt und alle Finger spreizt. Damit zeigt man seinen Ärger über die hoffnungslose Inkompetenz des Angesprochenen. Sogar der größte Trottel wird diese Botschaft verstehen.

„Du bist ein Blödmann."

IDIOT

Bedeutung: Bist du bescheuert?
Gebräuchlich in: Brasilien

Ein weiteres südamerikanisches Handzeichen für Dummheit, das etwas Improvisations- und Schauspielkunst erfordert. Man legt die Faust an die Stirn und macht einen komischen Überbiss. Am wirksamsten ist die Geste, wenn man dazu grollende Grunzlaute von sich gibt. Wenn man sie richtig hinkriegt, erntet man anerkennendes Gelächter, wenn auch nicht von dem, der gemeint ist.

„Bist du bescheuert?“

DOOFKOPF

Bedeutung: Du bist dumm und/oder verrückt.
Gebräuchlich in: Japan

In Japan steht diese Gebärde für Dummheit. Man deutet mit dem Zeigefinger an die Schläfe und dreht den Finger zwei Mal. Wenn das nicht reicht, um die Blödheit des Angesprochenen angemessen zu würdigen, lässt sich die Beschimpfung noch steigern, indem man abrupt die Hand öffnet und „Pah!“ ruft. Die Geste kann ernst oder als Scherz gemeint sein. Achten Sie daher auf angemessene Aggressivität, wenn Sie jemanden beleidigen wollen. Noch aggressiver wirkt es, wenn Sie Ihrem „Opfer“ einen Klaps auf den Hinterkopf geben und *Baka!* („Du Trottel!“) schreien.

„Du bist dumm und durchgeknallt!“

NASERÜMPFEN

Bedeutung: Du bist widerlich.
Gebräuchlich in: Japan

Wenn Ihr Gegenüber nicht nur dumm, sondern zudem hässlich ist, können Sie das Ganze mit dieser Geste noch schlimmer machen. Dabei wird die Nase mit dem Zeigefinger nach oben geschoben, um die Unattraktivität einer Frau zu kommentieren. Dargestellt wird so der Rüssel eines Schweins, das in Japan, wo man markante Nasenlöcher nicht attraktiv findet, als besonders widerwärtig gilt. Als anstößig wird es in Japan auch empfunden, sich in der Öffentlichkeit zu schnäuzen. Wenn Sie es tun, könnten Sie dafür mit dieser bedacht werden.

„Du bist widerlich.“

PFEFFERMÜHLE

Bedeutung: Du spinnst.
Gebräuchlich in: Süditalien

Mit dieser Geste zeigt man in Süditalien, dass man jemanden für durchgedreht hält, indem man die Bewegung einer Pfeffermühle nachahmt. Gemeint ist, dass das Gehirn des Angesprochenen so schwirrt wie das Mahlwerk der Mühle.

„Du bist total durchgedreht."

MONSTEREIER

Bedeutung: Was für unangenehm große Eier du hast.
Gebräuchlich in: Lateinamerika, Mexiko

Der medizinische Begriff für geschwollene Hoden ist Orchitis, ein Leiden, das ärztlicher Behandlung bedarf. Hier ist nicht gemeint, dass der Angesprochene krank ist, sondern dass seine übergroßen Genitalien ihn faul und eher unattraktiv für Frauen machen. Die Geste ist nur unter Männern gebräuchlich. Man formt eine hohle Hand, als hielte man etwas Schweres. Medizinische Fürsorge ist nicht nötig, eine Entschuldigung möglicherweise schon.

„Mann, hast du dicke Eier!“

LANGE NASE

Bedeutung: Spott
Gebräuchlich in: weltweit

Diese sehr alte Geste hat eine einzige Bedeutung – Spott –, aber viele Namen, zum Beispiel *marameo* und *le pied de nez* („Nasenfuß"). Allein in England gibt es 16 verschiedene Bezeichnungen dafür, etwa *cocking a snook* („einen Rüssel machen") und „Königin Annes Fächer", eine Anspielung auf die Zeichensprache der Fächer, die während Königin Annes Herrschaft im 18. Jahrhundert populär wurde. Der Ursprung der Gebärde liegt im Dunkeln. Man vermutet, dass sie eine deformierte Nase oder den Kamm eines Gockels darstellen soll. Ihre beleidigende Wirkung ist eher mild und spielerisch. Um die spöttische Wirkung zu steigern, wedelt man mit den Fingern oder nimmt die zweite Hand dazu.

„Ätsch!“

DIE LINKE HAND

Bedeutung: Ich berühre dich oder dein Essen mit der Hand, mit der ich mir gerade den Hintern geputzt habe.
Gebräuchlich in: islamischen Ländern

Die linke Hand zu benutzen ist grundsätzlich keine unfeine Geste, aber in islamischen Ländern auf jeden Fall ein Fauxpas, peinlich und beleidigend. Die linke Hand dient in diesen Gegenden traditionell der körperlichen Hygiene. Mit ihr Essen anzubieten oder jemandem die Hand zu schütteln gilt daher als ekelhaft, ganz zu schweigen von der Furcht vor einer Ansteckung mit Hepatitis. Verzichten Sie auf den Gebrauch der Linken, wenn Sie nicht darauf aus sind, Abscheu zu erregen.

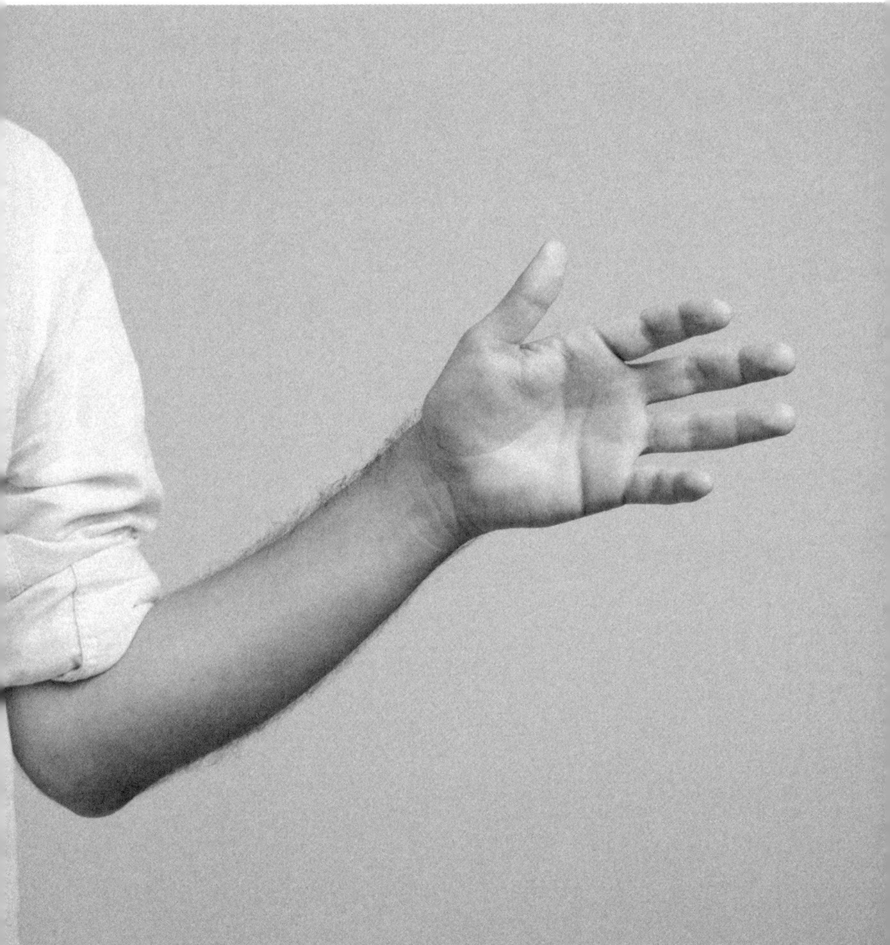

„Gleich fasse ich dich oder dein Essen mit der Hand an, mit der ich mir eben den Hintern abgewischt habe."

HÖHERE DIPLOMATIE

Wenn richtige Beschimpfungen angebracht sind, müssen Sie die Samthandschuhe ablegen und unverblümt deutlich werden. Die Gesten in diesem Kapitel zeigen unmissverständlich, was Sie meinen, egal ob Sie jemandem Scheiße ins Gesicht reiben oder ihm mitteilen wollen, dass seine Mutter eine Hure ist.

Seien Sie gewarnt: Diese Handzeichen sind alles andere als harmlos. Manche sind verboten, manche äußerst unklug, alle sind in höchstem Maße beleidigend. Sie müssen mit Gewaltausbrüchen rechnen. Faustschläge, Sachbeschädigung und Hausverbot sind so gut wie garantiert. Daher sollten diese Gebärden immer nur ein allerletztes Mittel sein.

Welterfahrene Abenteurer wissen jedoch, dass man manchmal zum Äußersten greifen muss. Wenn Sie sich die Hände schmutzig machen müssen, erfahren Sie hier, wie das geht.

DER RITT AUF DEM ESEL

Bedeutung: Ich werde dich wie einen Esel reiten.
Gebräuchlich in: Saudi-Arabien

Diese komplizierte, beidhändige Geste ist eine Art Puppenspiel, bei dem die Finger die Botschaft vermitteln, dass Sie jemanden wie einen Esel reiten werden. Formen Sie mit Zeige- und Mittelfinger der Rechten ein umgedrehtes V (das die Beine des Reiters darstellt) und spreizen Sie es über den linken Zeigefinger (der für den Esel steht). Das ist fast ebenso verzwickt wie tatsächlich jemanden zu besteigen, aber wesentlich bequemer und ungefährlicher.

„Ich werde auf dir reiten wie auf einem Esel.“

FÜNF VÄTER

Bedeutung: Du hast fünf Väter, will heißen: Deine Mutter ist eine Hure.

Gebräuchlich in: arabischen Ländern, der Karibik

Wenn Sie scharf darauf sind, aus Saudi-Arabien ausgewiesen zu werden – am besten möglichst unsanft –, gibt es kein besseres Mittel als die Fünf-Väter-Geste. In der arabischen Welt ist dies das empörendste Handzeichen überhaupt. Es signalisiert, dass es die Mutter Ihres Gegenübers mit jedem Ali, Hasan und Mustafa treibt und so viele Freier hatte, dass niemand wissen kann, wer sein Vater ist. Deuten Sie mit dem linken Zeigefinger auf die rechte Hand, deren Finger gestreckt und gespitzt sind. Diese extreme Beschimpfung führt mit einiger Sicherheit zu Gewaltausbrüchen.

„Du bist ein Hurensohn."

BEI FUSS, HÜNDCHEN

Bedeutung: Komm her, du unwürdiges Tier.
Gebräuchlich in: Philippinen

Wenn Sie auf den Philippinen jemanden zu sich rufen wollen, muss Ihre Hand dabei immer nach unten zeigen. Den erhobenen Zeigefinger benutzt man nur bei Hunden. Bei einem Menschen deutet man damit an, dass man ihn für einen Hund hält. Das ist äußerst beleidigend und wird sehr ernst genommen – Sie müssen damit rechnen, verhaftet zu werden. Der Hund mag der beste Freund des Menschen sein, aber wenn Sie Ihrem menschlichen besten Freund diese Geste zeigen, ist er die längste Zeit Ihr bester Freund gewesen.

„Bei Fuß, du Hündchen!“

MOUTZA

Bedeutung: Fahr zur Hölle!/Ich reibe dir Scheiße ins Gesicht!/Ich werde deine Schwester schänden!
Gebräuchlich in: Afrika, Griechenland, Pakistan

Die Moutza ist eines der komplexesten Handzeichen – so kompliziert und alt wie ein japanisches Teeritual. Diese vielleicht älteste noch heute gebräuchliche Beleidigungsgeste kommt aus dem antiken Byzanz, wo es Sitte war, Verbrecher an einen Esel gekettet auf der Straße vorzuführen. Die örtliche Bevölkerung konnte dem Delinquenten dann Dreck, Fäkalien und Asche (in mittelalterlichem Griechisch: *moutzos*) ins Gesicht schmieren, um ihn noch mehr zu demütigen.

Heute, im Zeitalter moderner Abwassersysteme und Rauchverbote, sind solche Substanzen nicht mehr jederzeit verfügbar, und so ist die Moutza ein symbolischer Ersatz. In Griechenland wird sie oft von Aufforderungen wie *„par'ta"* („Nimm das!") oder *„órse"* („Da hast du's!") unterstrichen. Die Bedeutung hat sich mit der Zeit erweitert, sie kann auch sexuell gemeint sein, wobei die fünf Finger für die fünf Arten des Geschlechtsverkehrs stehen, die der Gestikulierer mit der willigen Schwester seines Opfers vollziehen möchte.

Es gibt viele Varianten der Moutza, je nach Situation. Einige davon finden Sie auf den folgenden Seiten.

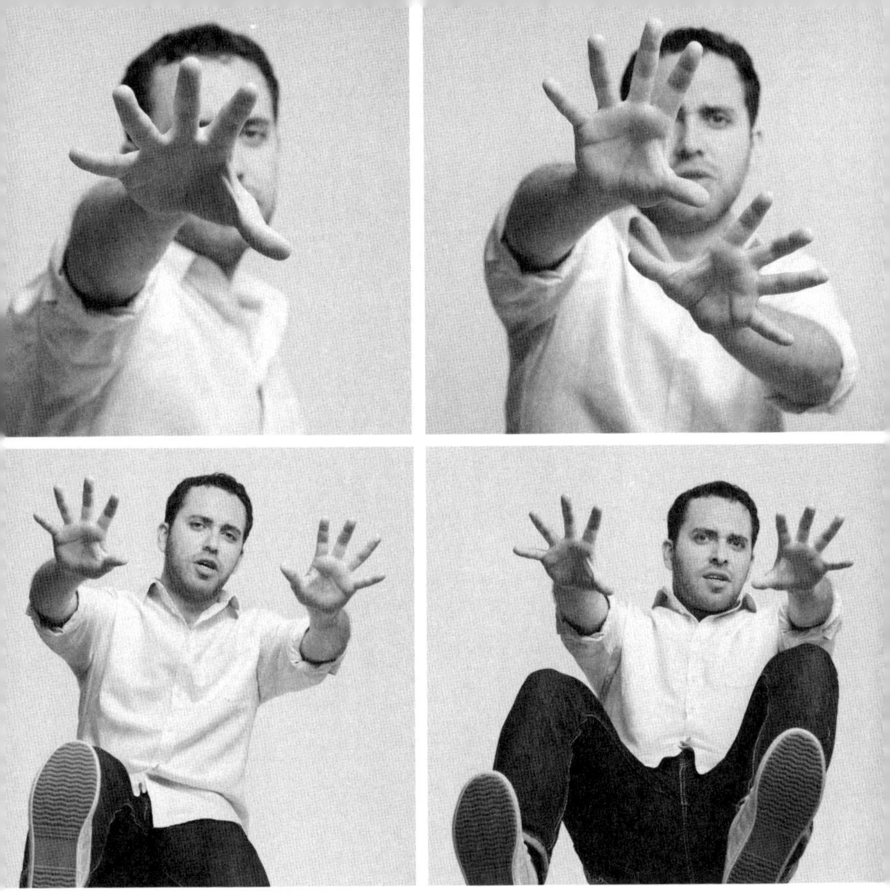

Variation 1. **KLASSISCHE MOUTZA**

Bei der klassischen oder vollen Moutza werden alle fünf Finger mit nach außen gekehrter Handfläche auf Gesichtshöhe ausgestreckt. Typische Anlässe für ihren Einsatz sind Rücksichtslosigkeit im Straßenverkehr und unverschämtes Verhalten von Bedienungspersonal.

„Fahr zur Hölle!“

Variation 2. **DOPPELTE MOUTZA**

Wenn man mehr Zorn ausdrücken möchte als mit der klassischen Moutza – zum Beispiel als Einleitung zu einer Kneipenschlägerei –, ist die doppelte Moutza gefragt. Dabei bilden beide Hände eine volle Moutza. Dann wird die Fläche der einen Hand gegen den Rücken der anderen geschlagen. Die Geste wird so nahe wie möglich am Gesicht des Gegners vollführt, um extrem bedrohlich und wütend zu wirken.

„Ich reibe dir Scheiße ins Gesicht!“

Variation 3. **DREIFACHE MOUTZA**

Wenn die doppelte Moutza nicht die gewünschte Wirkung erzielt, kann man zur dreifachen übergehen. Beide Hände bilden eine volle Moutza, dazu wird auch noch ein Fuß ausgestreckt. Diese Geste sollte man nur einsetzen, wenn man seine Verlobte mit dem besten Freund erwischt, oder in Situationen, in denen maximale Provokation nötig ist.

„Ich werde deine Schwester schänden!“

Variation 4. **VIERFACHE MOUTZA**

Nur in Extremfällen zu verwenden, etwa bei Gefängnisrevolten. Dabei werden im Sitzen beide Hände und beide Füße zur vollen Moutza ausgestreckt. Die Beleidigung ist massiv und unverzeihlich. Diesen Affront wird keine Beziehung überleben, wenden Sie die Geste daher nur bei Fremden an.

„Ich werde deine gesamte Familie schänden, auch deinen Hund!"

BIEST

Bedeutung: Du bist ein Stück Vieh.
Gebräuchlich in: Japan

Diese Geste ist nur in Japan gebräuchlich. Sie ähnelt der Moutza (Seite 88), wobei jedoch nur vier Finger zum Einsatz kommen, die die vier Beine eines Tiers symbolisieren. Die Gebärde symbolisiert die unterdrückte Minderheit Eta (japanisch für „Dreckhaufen") aus der Zeit der Feudalherrschaft. Deren Angehörige brachte man mit Tieren in Verbindung, weil sie in Schlachthöfen und Gerbereien arbeiteten.

„Du bist ein Stück Vieh."

WICHSER

Bedeutung: Masturbation
Gebräuchlich in: Großbritannien, Nordamerika

Bei dieser vulgären, obszönen Geste ahmt die Hand mit rhythmischen Bewegungen den männlichen Akt der Masturbation nach. Gemeint ist, dass der Angesprochene sexuell ein so hoffnungsloser Fall ist, dass ihm nichts anderes übrig bleibt, als sich selbst zu befriedigen. Gebräuchlich ist die Geste vor allem in Fußballstadien, wo sie oft von Fans auf gegnerische Spieler gemünzt wird.

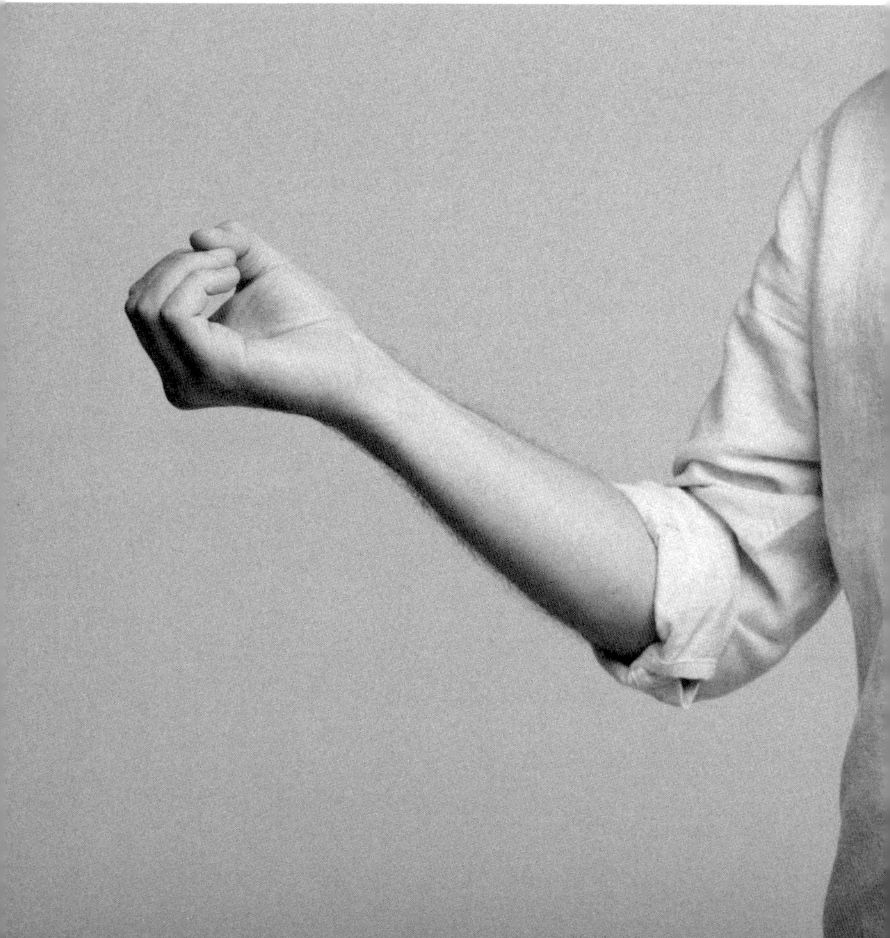

„Hol dir doch einen runter!“

PIMMELKOPF

Bedeutung: Du bist ein Pimmelkopf.
Gebräuchlich in: Großbritannien

Das Einhorn ist ein mythisches Wesen. Diese Geste, bei der die Stirn kein Horn, sondern einen imaginären Phallus trägt, ist hingegen recht alltäglich und prosaisch. Man hält sich die Hand an die Stirn und formt einen Kreis aus Fingern und Daumen, als umfasse man einen Penis. Die Gebärde ist oft in Kneipen, bei Sportwettkämpfen und Auseinandersetzungen im Straßenverkehr zu sehen und in ganz Großbritannien verbreitet. Dort dient sie dazu, sich über jemanden lustig zu machen (in der Landessprache: *to take the piss out of someone*).

„Du bist ein Pimmelkopf."

ARMSTOSS

Bedeutung: Nutte
Gebräuchlich in: Südamerika

Es ist geschmacklos, die Tugendhaftigkeit einer Frau infrage zu stellen, aber wenn Sie auf Geschmacklosigkeit aus sind, kommt Ihnen diese Geste gelegen. Halten Sie den Arm mit gestreckten Fingern horizontal vor sich und bewegen Sie ihn schnell vor und zurück, als wollten sie die Stöße beim Geschlechtsverkehr simulieren. Diese Gebärde zeigt, dass die gemeinte Dame eine Prostituierte ist – und Sie selbst ein Flegel sind.

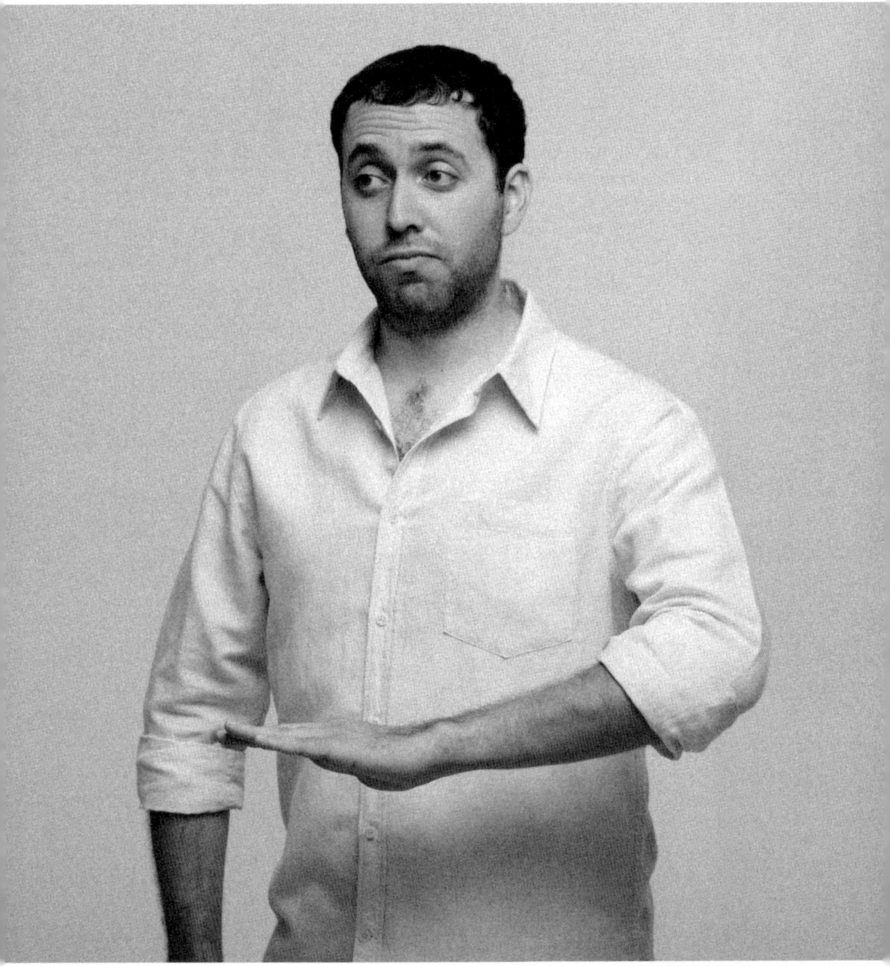

„Die geht auf den Strich."

CONCHA

Bedeutung: die vertrockneten Geschlechtsteile deiner Mutter
Gebräuchlich in: Argentinien, Chile

In weiten Teilen der Welt bedeutet diese Gebärde einfach „hungrig", in Chile und Argentinien steht sie jedoch für etwas ganz anderes. Die ziemlich beleidigende Concha-Geste – eine Abkürzung von *concha de tu madre* – symbolisiert die „Muschel" oder Vagina der Mutter des Angesprochenen. Gemeint ist außerdem, dass es sich dabei nicht um einen gut bewässerten Kanal handelt, sondern um ein vertrocknetes Flussbett.

„Die Möse deiner Mutter ist vertrocknet.“

HÖRNER

Bedeutung: Deine Frau ist dir untreu.

Gebräuchlich in: Baltikum, Brasilien, Italien, Kolumbien, Portugal, Spanien

Einem Freund zu eröffnen, dass seine Frau untreu war, ist eine freudlose und heikle Aufgabe. In vielen Ländern ist sie zum Glück recht leicht zu absolvieren: Man macht einfach das Corna-Zeichen. Es ist sehr alt, mindestens 2500 Jahre, und steht für die Hörner eines Ochsen (eines Stiers, der kastriert wurde, um ihn ruhig und zutraulich zu machen).

Beachten Sie, dass diese Geste zwar weltweit verbreitet ist, jedoch eine von Land zu Land sehr unterschiedliche Bedeutung hat. In manchen Ländern wünscht man jemandem damit Glück, in anderen zeigt sie die Begeisterung für eine Sportmannschaft oder eine Band. Bedenken Sie daher, wenn Sie diese Geste vorgeführt bekommen und Ihre Frau hinauswerfen wollen, dass der andere vielleicht nur zeigen will, dass er auf Fußball oder Heavy Metal steht.

Anmerkung: In Saudi-Arabien, Syrien und dem Libanon ist eine ähnliche Geste mit gleicher Bedeutung gängig. Dabei fächert man die Finger auf und hält die Hände an die Ohren, um einen Hirschbock darzustellen.

„Deine Frau geht fremd."

KUTTA!

Bedeutung: Leckt mich am Arsch, du und deine ganze Familie!
Gebräuchlich in: Indien, Pakistan

Wenn Sie in Indien oder Pakistan nicht nur Ihren Gastgeber, sondern gleich seine ganze Familie beschimpfen wollen, ist diese Geste genau das Richtige. Ihr Ursprung ist nicht bekannt, die Wirkung prompt und massiv. Machen Sie ganz einfach eine Faust, schnalzen Sie mit dem Daumen über die Schneidezähne und rufen Sie „*Kutta!*" („Leckt mich am Arsch!", wörtlich: „Hund"). Man wird Sie umgehend aus dem Haus werfen, womit die Geste ihren beleidigenden Zweck gründlich erfüllt hat.

„Leckt mich doch!“

FODEU

Bedeutung: Wir sind erledigt; scher dich zum Teufel!
Gebräuchlich in: Brasilien, Frankreich, Italien, Spanien, Südamerika

Fodeu („gefickt") ist ein vulgärer Ausdruck, der bedeutet, dass alles im Eimer ist oder dass der Angesprochene zum Teufel gehen soll. Schlagen Sie mit der offenen Handfläche auf die zur Faust geballte andere Hand. Diese Bewegung soll die Stöße beim Geschlechtsverkehr symbolisieren.

„Wir sind erledigt."

DAS HINTERE ENDE

Mit diesem Kapitel sind wir im wahrsten Sinne des Wortes hinten angekommen – mit einer Sammlung von Gesten aus aller Welt, die das Hinterteil und seine Öffnung bezeichnen. Alle Kulturen sind verschieden, aber so gut wie jede verfügt über eine Gebärde, die andeutet, dass man jemandem etwas in den Darm rammt. Bei einigen ist ein Finger beteiligt, bei anderen der Unterarm, und sie unterscheiden sich in Umfang und Schärfe. Aber letztlich bedeuten sie alle dasselbe: „*Up yours!*", wie der Engländer sagt.

Das ist ein sehr alter, schon seit Urzeiten üblicher Gefühlsausdruck, dessen Bedeutung sich indes nicht verändert hat. Er ist nicht einmal auf unsere eigene Spezies beschränkt, manche Varianten ähneln Gesten, die unter Affen verbreitet sind. Die Botschaft mag ungehobelt sein, aber es ist schön zu wissen, dass sie sowohl ein Schimpanse als auch ein alter Römer oder ein moderner Teenager verstehen würde. Eine willkommene Erinnerung daran, dass wir zwar unterschiedlich aussehen und sprechen, im Grunde aber doch alle gleich sind.

BRAS D'HONNEUR

Bedeutung: Leck mich!
Gebräuchlich in: Mexiko, Nahost, Ost- und Südeuropa

Diese Geste (französisch „Arm der Ehre") ist aufgrund ihrer Beliebtheit bei Profisportlern weltweit bekannt. Sie bedeutet „Leck mich" und ist eine vergrößerte Variante des Stinkefingers *(doigt d'honneur)*, weshalb sie sich besonders gut für Stadionsportarten eignet. Seien Sie jedoch gewarnt: In manchen Ländern ist sie verboten, so zum Beispiel auf Malta.

Trotz ihrer Popularität unter Sportlern muss man für diese Gebärde kein Athlet sein. Beugen Sie einfach den Arm in L-Form und packen Sie ihn knapp unter dem Bizeps mit der anderen Hand. Um die Sache zu übertreiben, können Sie auch noch den Mittelfinger ausstrecken.

„Leck mich!“

DER FAUSTSTOSS

Bedeutung: Leck mich!
Gebräuchlich in: Libanon, Pakistan, Syrien

Ein weiteres Symbol dafür, jemandem etwas in den Hintern zu rammen, diesmal in einer Weise, die wohl jeder von uns höchst unbehaglich finden würde. Diese regionale Variante des Bras d'honneur (Seite 116) gilt in Teilen des Nahen Ostens als äußerst schwere Beleidigung.

„Leck mich!“

DAUMEN HOCH

Bedeutung: Leck mich!

Gebräuchlich in: Griechenland, Lateinamerika, Nahost, Russland, Sardinien, Westafrika

Evolutionsbiologen sind sich einig, dass sich der Daumen vor Millionen von Jahren entwickelte. Wann die Daumenhoch-Geste entstand, ist jedoch ungeklärt. Wo auch immer ihr Ursprung liegt, die Bedeutung ist verschieden. Oft symbolisiert sie einfach Zustimmung.

In einigen Ländern, vor allem in Lateinamerika, steht sie jedoch nicht für „Klingt gut“ oder „Kann ich mitfahren?“, sondern für das Angebot, jemandem den Daumen in den Hintern zu stecken. Besucher dieser Länder sollten ihren Daumen gut unter Kontrolle haben, wenn sie niemanden beleidigen wollen. Mit einer ruckartigen Aufwärtsbewegung verstärken Sie die Beschimpfung.

Anmerkung: In der Türkei ist diese Gebärde unter Homosexuellen als Einladung zum Sex gebräuchlich.

„Leck mich!“

DAS V

Bedeutung: Leck mich!
Gebräuchlich in: Australien, Großbritannien, Neuseeland

Der bekannte „Zweifingergruß", auch *forks* („Gabel") genannt, ist eine Spezialität Großbritanniens und seiner ehemaligen Kolonien. Forscher vermuten, dass sie auf die Zeit der normannischen Invasion zurückgeht. Man sagt, die Franzosen hätten gefangenen englischen Bogenschützen Zeige- und Mittelfinger abgeschnitten. In der Schlacht von Agincourt, wo die Franzosen schwer besiegt wurden, verhöhnten englische Bogenschützen ihre Gegner, indem sie ihnen ihre intakten Finger entgegenreckten. Möglicherweise entstand so die V-Geste.

Die nach innen gekehrte Handfläche unterscheidet das V vom „Peace"-Zeichen (dem aus der Siegesgeste des Zweiten Weltkriegs übernommenen Friedenszeichen). Diese beiden Gebärden sollten Sie also nicht verwechseln, um Peinlichkeiten zu vermeiden.

„Leck mich!“

DIE FEIGENHAND

Bedeutung: Fick dich ins Knie! Vergiss es! Soll ich dich ficken?

Gebräuchlich in: Belgien, Dänemark, Deutschland, Frankreich, Griechenland, Indien, Italien, Korea, Niederlande, Tunesien, Türkei

Die *fica* (italienisch „Feige“ oder „Vulva“) war schon im alten Rom gebräuchlich, wo sie die Fortpflanzungsorgane bezeichnete, möglicherweise beim Liebesakt. Im Lauf der Zeit verbreitete sie sich in anderen Ländern. In manchen Gegenden schrieb man ihr magische Kräfte zur Abwehr von Unheil zu, außerdem sollte sie Bannzauber brechen.

Die Feigenhand ist in ganz Europa und im Osten bekannt, jedoch mit unterschiedlicher Bedeutung. In einigen Regionen blieb die ursprüngliche sexuelle Konnotation erhalten, anderswo drückt man den Daumen, um jemandem Glück zu wünschen. Die Geste, bei der man einfach eine Faust ballt und dabei den Daumen zwischen Zeige- und Mittelfinger steckt, kann jedoch auch beleidigend gemeint sein. Da die Bedeutung von Land zu Land so stark variiert, ist es für umsichtige Reisende ratsam, nicht unbedingt mit den Kindern ihres Gastgebers „Ich habe deine Nase“ zu spielen.

Anmerkung: In Japan steht dieses Handzeichen für *sekkusu* (Sex). Man vermutet, dass die Geste bis auf die Edo-Ära (1603–1868) zurückgeht; sie wird heute aber nur noch selten verwendet.

„Fick dich ins Knie!“

OKAY

Bedeutung: Körperöffnung

Gebräuchlich in: Brasilien, Deutschland, Griechenland, Italien, Malta, Mexiko, Nahost, Paraguay, Russland, Tunesien, Türkei

„Okay“ ist ein Wort, das so gut wie jeder versteht. Die Okay-Geste hingegen lässt sich nicht so leicht übersetzen. Unerfahrene Reisende werden schnell feststellen, dass sie in vielen Gegenden kein Zeichen der Zustimmung ist, sondern die symbolische Darstellung einer intimen Körperöffnung. Um welche Körperöffnung es sich handelt, ist regional unterschiedlich – manchmal männlich, manchmal weiblich, manchmal bauch-, manchmal rückenseitig. Die Intention ist jedoch immer vulgär und beleidigend.

„Arschloch!"